Rit

D1586238

Voyage sur Angélica

Illustrations Romi Caron

Collection *Dès 9 ans*, no 14

Éditions de la Paix

pour la beauté des mots et des différences

Le 20 novembre 1989, l'assemblée des Nations Unies adoptait la Convention relative aux droits de l'enfant.

Le Conseil des Arts du Canada depuis 1957 | The Canada Council for the Arts since 1957

Aux cinq membres de ma famille

et à toutes les familles

de la terre

ROMI CARON, illustratrice

Je suis née en République tchèque dans une famille où tout le monde dessinait. Ma mère enseignait l'art et avait l'habitude de faire des croquis de mon frère et de moi. Ces albums nous tiennent lieu maintenant d'album de photos.

Quant à mon père, architecte, il nous tenait toujours occupés à réparer le ciment, à labourer, à peindre, etc. Ma seule façon de m'en tirer était de m'affairer à dessiner dès que je rentrais de l'école.

À 14 ans, j'ai été admise à l'École des arts, et à 18 ans, à l'Université des Beaux-Arts de Prague où j'étais la plus jeune.

À 21 ans, j'ai rencontré un Canadien en Norvège... et depuis, je fais des croquis de mes deux fils, Jonathan et Samuel.

PREMIÈRE PARTIE

UN VOYAGE CHEZ LES ANGES

1. Une petite aventure

Cette nuit-là, quand je me suis penchée sur le petit lit de mon fils, Vincent, je n'ai pas mis beaucoup de temps à m'apercevoir qu'il faisait de la fièvre. Le cœur des mamans s'émeut toujours quand leurs petits sont malades ou malheureux.

Certains croient que le cœur des mamans et celui des enfants du monde sont reliés directement. Hein ? Pourquoi est-ce que j'avais dit « les enfants du monde », mon petit garçon était ici, près de moi ?

En repoussant mes pensées, j'ai pris Vincent dans mes bras et je me suis installée confortablement pour le bercer, les yeux rivés sur le ciel tout sombre.

Quand je me suis mise à bâiller, j'ai pensé naturellement que j'étais en train de m'endormir, blottie dans ma *berçante*, mon petit garçon dans les bras.

– Ne t'endors pas ! Voyons, ouvre les yeux ! entendis-je.

– Oh ! mais qu'elle est lourde à tirer, on n'aurait pas pu trouver une invitée plus légère ?

– Non, non. Il fallait ABSOLUMENT une adulte !

– Les êtres humains sont plus lourds que nous, surtout les grandes personnes.

J'ouvris les yeux et je les refermai. Très fort. Quand on rêve, on ne plisse pas les paupières pour les garder fermées et on ne se fait pas pousser non plus. J'en étais certaine. Quelque chose n'allait pas. Je regardai autour de moi.

D'étranges petits êtres s'agitaient. Quelques-uns me tiraient, un autre me poussait. J'étais loin de ma *berçante* et de...

– OÙ EST MON FILS ? hurlai-je, affolée.

Un petit bonhomme me regarda avant de dire très fort :

– Que l'ange de Vincent vienne répondre de lui !

L'ange de Vincent ? Je ne comprenais plus rien ! Un petit être blanc tout rond vint se placer devant moi. Il avait l'air rieur et tout mignon.

– Bonjour, dit-il, c'est moi l'ange gardien de Vincent.

L'ange gardien ! Cette fois, je n'en revenais pas.

– Tu veux dire que c'est vrai, l'histoire des anges près de nous, qui nous protègent ?

– Oui, oui, dit l'ange de Vincent, et ne t'inquiète pas pour ton fils. Ce n'est pas un petit rhume qui va l'empêcher d'avoir envie d'un peu de chocolat demain.

Je regardai l'ange de Vincent qui s'éloignait en sautillant joyeusement. C'est vrai, mon fils n'était pas bien malade au fond. J'avais la fâcheuse habitude de le surprotéger. Juste un peu...

– On a de plus sérieux problèmes, tu sais...

Celui qui venait de me parler se grattait la tête, songeur. Il était beau avec ses sourcils froncés, sa belle robe blanche et son air triste. Il me donnait envie de le toucher. J'avançai la main doucement, mais mon doigt s'accrocha et je lui arrachai...

– Une plume !

– Aïe ! Ce n'est pas une plume, c'est un morceau de mon aile ! protesta l'ange en face de moi, tandis que j'enfouissais le morceau en question dans ma poche pour le lui faire oublier. Écoute bien ce que je dois te dire parce que peu d'adultes ont la permission de visiter Angélica !

– C'est le nom de ta ville ? lui demandai-je, hésitante.

– C'est le nom du nuage où tu te trouves maintenant, assura-t-il avec un sourire.

Je touchai mon front pour m'assurer que je ne faisais pas de fièvre, moi aussi. Après tout, j'aurais pu attraper le microbe de mon fils.

– J'ai peur de ne pas saisir... ai-je dit d'une toute petite voix.

L'ange soupira :

– C'est pourquoi nous n'invitons pas souvent les gens sur Angélica, dit-il d'un air découragé, mais cette fois, la situation est trop difficile ! Nous avons besoin des habitants de la Terre !

– De quelle situation parles-tu, lui demandai-je, et pourquoi as-tu besoin des hab... de nous... de moi ?

– Attends un peu, dit le petit ange, je vais aller chercher quelques-uns de mes amis pour m'aider.

Je le regardai gesticuler en appelant d'autres anges. Ils se ressemblaient tous beaucoup. En plus, ils avaient tous l'air très occupés.

2. Angélica

Quant à moi, j'étais assise dans un petit tas de mousse et j'étais très certaine que malgré cet endroit étrange, je ne rêvais pas.

Autour de moi, tout était blanc et ouaté. Tout était paisible aussi.

– On va t'expliquer mieux en groupe, dit le petit ange en revenant vivement avec plusieurs de ses amis.

– Comment t'appelles-tu ? lui demandai-je spontanément.

– Chef ! dit-il fièrement, mais les autres portent le nom des enfants dont ils sont responsables.

On connaît mieux les gens quand on les appelle par leur nom. J'étais certaine qu'on connaît mieux les anges aussi. C'était peut-être pour ça que je les trouvais de plus en plus sympathiques.

Un tout petit ange, qui ressemblait tout à fait à un bébé triste, s'installa sans façon sur mon genou.

– Moi, je vais te raconter ! me dit-il. Le cœur des grandes personnes est toujours relié aux enfants du monde, sauf que, souvent, ils ne le savent pas.

– Le cœur des mamans est relié à leurs enfants, dis-je, en corrigeant doucement.

– Non ! dit-il, entêté, tous les cœurs ! Mais écoute bien.

Tous les petits anges s'assirent autour de moi, et celui qui était sur mon genou commença.

– Je m'appelle Josip, comme le petit garçon que je protège. Il vit dans le pays de la Bosnie. Sa ville natale se nomme Slovanski Brod. Josip a une grosse peine qu'il sera incapable d'oublier... Moi, je le protège, mais toi et toutes les autres personnes devriez brancher vos cœurs les uns sur les autres pour qu'ils s'émeuvent quand Josip a trop de peine.

– Dans le pays de Josip, il y a eu la guerre, rappelai-je, c'est pour cela qu'il a de la peine.

– Son papa est mort à la guerre quand Josip avait six ans. Avec sa maman, il devait souvent se sauver en panique. Il avait toujours peur quand il voyait un avion dans le ciel, parce que les avions faisaient beaucoup de bruit et beaucoup de morts. Souvent, il devait se cacher avec des voisins dans les caves.

– Tu vois, dit Chef, ils sont nombreux les enfants du monde qui vivent des événements qui leur enlèvent des pétales d'enfance. Ces enfants devraient être de jolies fleurs avec plein de pétales colorés qui leur apporteraient de la joie.

    – Dans le monde entier, dit un autre ange tout rond qui semblait plus vieux et portait des lunettes sur le bout du nez, il existe des enfants qui ont peur, qui ont faim, qui travaillent trop... Mais oui, il y a de tout petits enfants qui travaillent très fort, insista-t-il devant mon air étonné.

– Nous, les anges, on fait de notre mieux, mais on est débordés, soupira Josip.

– C'est pour cela qu'on a décidé de faire appel à toi, dit Chef en me montrant du doigt, non de l'aile !

– Pour que je branche des cœurs d'adultes sur les peines des enfants du monde ? demandai-je en hésitant. Comment vais-je bien pouvoir faire ?

– Il paraît que tu écris, dit le vieillard en fronçant les sourcils d'un air sévère. Il faut que tu te serves de ton crayon !

Mes lèvres ont formé un O d'étonnement. Je n'avais jamais entendu dire qu'on pouvait changer le monde à coups de crayon.

– Si tous les anges te racontent l'histoire de l'enfant qu'ils protègent, dit Josip en tirant la manche de robe de chambre que j'avais mise avant d'aller voir mon fils, tu pourrais écrire sur nous dans le but de déboucher les tuyaux qui relient les cœurs d'adultes à la vie des enfants.

3. Un tuyau pour le cœur

Je fermai les yeux un instant, m'imaginant dans le rôle d'un plombier armé d'un énorme crayon. Oups ! Ils avaient de drôles d'idées, les anges !

– Je voudrais, dit l'ange de Vincent, très sérieux, que les enfants du monde puissent savoir un jour que des adultes qu'ils ne connaissent pas s'inquiètent d'eux naturellement.

Songeuse, je pinçai discrètement les lèvres.

– Oui, tu as raison ! s'exclama Chef en regardant le vieillard qui écoutait avec intérêt. Dans chaque pays, le bonheur peut être différent ; il dépend des habitudes de vie des gens qui l'habitent, mais finalement...

– L'important reste toujours, toujours d'être aimé, interrompit un nouveau petit ange.

– Bonjour, dis-je, plus à l'aise, comment t'appelles-tu ?

– Je m'appelle Teresa. Mon enfant vient de la ville de Rome, en Italie. Depuis que ses parents sont divorcés, elle est certaine qu'ils ne l'aiment plus.

– Mais quand les parents divorcent, ça ne veut pas dire qu'ils n'aiment plus leurs enfants ! protestai-je.

– Moi, je le sais, dit doucement Teresa, mais la petite fille qui n'a plus le même rythme de vie devra l'apprendre aussi.

– Il y a autant de situations qu'il y a d'enfants, m'expliqua Sept-Lieues, le vieillard qui, avec son gros ventre, ressemblait tout à fait à un Père Noël vêtu de blanc seulement.

– Bien sûr, tous les enfants du monde ne sont pas malheureux, dit

Chef, et même ceux qui sont tristes vivent parfois de petites joies.

- C'est vrai qu'il y a beaucoup d'enfants dans le monde qui manquent d'amour, soupira Josip.

Je me mis à penser à la jeunesse de tous les enfants. Chacun ressemblait à une fleur. Certains avaient de jolis pétales colorés, d'autres, de tout petits pétales fanés.

Je sentis mon cœur se serrer.

- Tu vois, remarqua Josip qui m'observait, tu n'as pas besoin d'être une maman pour que ton cœur se serre devant la peine des autres.

- Si ton petit tuyau qui relie les autres à ton cœur est bien ouvert, tu peux te sentir responsable de chaque enfant du monde entier.

Celui qui venait de me parler en posant son aile sur mes doigts était l'ange gardien de Vincent. En le regardant attentivement, je vis les yeux tendres de mon fils dans son petit visage et je compris que je mettrais mon crayon au service des anges...

Je pris le bout de son aile dans ma main en me demandant si c'était poli. Mais il protégeait mon fils et il avait donc toute ma reconnaissance. Je lui demandai :

– Qu'est-ce que je dois faire ?

– Il faudrait premièrement que tu saches ce que vivent de nombreux enfants, répondit l'ange de Vincent.

– Je veux être du voyage ! réclama Josip.

– Quel voyage ? dis-je inquiétée.

– J'aimerais que tu écoutes plusieurs anges te raconter leur enfant... Évidemment, certains d'entre nous sont actuellement à côté de leur enfant dans le besoin, et ne peuvent être ici pour t'accueillir, ajouta Chef, songeur.

– Je veux venir avec vous ! insista Josip en me regardant.

– Venir avec nous ?

Parfois, j'avais envie de répéter la fin des phrases.

– Ces anges qui ne sont pas venus t'attendent eux aussi, dit Sept-Lieues sans s'occuper de l'intervention de Josip.

– M'attendent...

Je répétais, mais il faudra voir à ce que ça ne devienne pas une manie !

– Oui, nous avons tous décidé que tu devrais aller dans certains pays visiter ces enfants-là, répondit Sept-Lieues, impatiemment.

– Quand ? dis-je d'une voix inquiète.

– Je veux venir ! répéta Josip.

– Mais tout de suite ! gronda Sept-Lieues.

– Habillée ainsi ?

Ma surprise était plus grande encore que mon cri. Je me mis à regarder leurs frimousses en cherchant un air de compréhension. Évidemment, les anges ne pouvaient pas comprendre que, généralement, les grandes personnes ne se promènent pas en robe de chambre. D'autant qu'elle n'était plus très neuve. J'aurais bien aimé avoir ma robe bleue avec la jolie ceinture... Eux, avaient tous une belle robe longue.

– Que les anges qui viennent avec nous se placent autour de notre invitée, cria Chef de sa grosse voix. Nous partons, maintenant qu'elle nous a donné son accord !

– Je n'ai pas vraiment entendu l'accord, mais je viens avec vous ! insista Josip, les ailes sur les hanches.

Je voulais bien les aider, mais je ne savais pas que je devais autant me faire pousser. Je refermai les yeux, en plissant les paupières une autre fois, et je me retrouvai sur un nuage tout petit.

Il était si petit, en fait, que j'avais à peine assez de place pour m'asseoir, les jambes allongées. Mais je ne les voyais pas, mes jambes. Par-dessus et autour d'elles, une bonne dizaine d'anges se pressaient en parlant de façon animée.

4. Sur le nuage voyageur

– Nous sommes arrivés ! lança Sept-Lieues de sa grosse voix.

Arrivés où, et faut-il que je descende ? Je tentai de bouger les jambes.

– Non, non, dit Chef, nous ne quittons jamais le nuage voyageur quand nous allons constater la situation des enfants. D'ici, nous verrons très bien. Tadesse pourra t'expliquer ce qui s'est passé en bas, ces dernières années.

– Pendant trente ans, ici, commença un petit ange très long et très mince, la guerre civile a fait rage. Vers la fin, l'armée a manqué de soldats. Alors, elle a décidé de recruter de jeunes garçons à la place. À sept ans, ils ont obligé Tadesse à aller voir où se trouvait l'ennemi. Quand il est devenu plus grand, on a donné à Tadesse un pistolet et des grenades...

– Il a dû tuer des gens ?

Je me sentais crispée sur mon nuage. Un tout petit garçon a fait des choses terribles parce qu'on l'y a obligé.

– Où sommes-nous ? fis-je tout bas.

– Nous sommes au Mozambique, en Afrique, répondit l'ange Tadesse. Il va bientôt aller mieux, tu sais, ajouta-t-il, après m'avoir regardée attentivement. Tu sembles avoir le cœur gros, c'est bien. Mais ce qui aidera le plus tous les enfants, c'est de faire connaître leur situation.

Son aile me caressait doucement l'épaule. Je reniflai un bon coup en sachant que, quelquefois, ça fait passer l'émotion.

– Pourquoi dis-tu qu'il va bientôt aller mieux ?

- Tadesse va maintenant à l'école avec d'autres qui ont vécu des drames semblables.

- Ils sont nombreux dans ce cas ?

- Oui, ils sont très nombreux, dit Tadesse, mais parce qu'ils sont re-groupés, ils vont pouvoir s'entraider. Des adultes les aident à parler de ce qu'ils ont vu et de ce qu'ils ont dû faire. Souvent, ils dessinent leurs peines, et plus souvent encore, ils ont besoin de dessiner la paix...

– Parfois, s'appliquer à faire un beau dessin, c'est un bon moyen de sécher nos larmes, dis-je, songeuse, avec un sourire hésitant.

Je regardai Tadesse et je me mis à réfléchir. Je revis la petite fille que j'étais avant de devenir une adulte. En quelques secondes, je l'entendis rire et chanter et pleurer et... Décidément, les anges me faisaient faire des choses étranges. La petite fille que j'étais avait pu devenir la maman de Vincent, et elle se promenait aujourd'hui sur un nuage. La petite fille que j'étais avait une envie folle de dire à Tadesse de tenir bon, de lui dire que des adultes et des enfants se sentaient solidaires de son bonheur.

Je m'agrippai solidement au bord du nuage, et je me penchai :

– Nous t'aimons, Tadesse !

Mais, oh, on ne peut pas s'agripper à un nuage ! Je me sentais soudainement glisser hors de sa mousse !

– Je suis en train de tom-beeeeeeer !

Plusieurs ailes apparurent tout à coup sur moi. Est-ce que les anges me secouraient ?

– Mais non, voyons, tu n'étais pas en train de tomber ! Nous changions seulement de pays. Bienvenue au Salvador.

– Comment s'appelle le petit enfant dont vous allez me parler ? dis-je en soupirant de soulagement.

– Il s'appelle Mauricio, répondit un nouveau petit ange que je n'avais pas remarqué.

– Mauricio a douze ans, commença Sept-Lieues en croisant les ailes sur son gros ventre. Depuis plusieurs années, il n'a plus de jambes et il ne lui reste qu'un bras.

Une nouvelle fois, mon cœur s'emballa. Le fameux tuyau qui relie les autres à mon cœur allait devenir long comme dix bâtons de réglisse noués les uns aux autres. Je demandai au petit ange qui se frottait nerveusement le bout des ailes :

– Raconte-moi l'histoire de Mauricio.

– Il faut d'abord que je t'explique ce qu'est une mine, répondit Sept-Lieues en s'approchant de Mauricio. Ça ressemble souvent à un couvercle en plastique. Pendant la guerre, les soldats en mettent partout. Quand une personne marche sur une mine ou en ramasse une, celle-ci explose en blessant ou tuant les gens autour d'elle.

– Mauricio était un enfant très curieux. Quand il a vu une belle rondelle aux couleurs vives dans le champ de son père, il a couru la ramasser... mais elle a explosé.

– Ah non ! dis-je en me cachant le visage dans les mains. Vous n'allez pas me dire...

– Sais-tu ce qu'il y a de plus triste ? demanda Sept-Lieues en m'interrompant.

Il m'énervait à la fin avec ses manières brusques.

– Je ne veux pas savoir ! criai-je en levant le nez.

Il ne m'écouta même pas.

– Les enfants blessés par des mines souffrent aussi dans leur cœur parce qu'ils ont eu très peur. Souvent, les parents ou amis qui étaient avec eux ont été blessés ou tués par la mine. Il arrive qu'il n'y ait pas suffisamment de soins pour ces enfants. Parfois même, ils sont rejetés par leur village et n'ont plus de vie normale.

– Si je reliais les tuyaux des adultes aux enfants blessés, je parlerais d'accueil, c'est ça ?...

Avec chaleur, je regardai le petit Mauricio (pas l'ange, le garçon !) dans son coin de pays.

– C'est ça, répondit l'ange Mauricio, enthousiaste, afin que les personnes blessées par des mines finissent par être capables de se débrouiller normalement le plus possible.

5. Une mousse mouillée

Josip était toujours près de moi. Il tira la robe de Chef.

– Tu vois, elle commence à comprendre ! Vincent et moi, nous savions depuis le début qu'elle serait en mesure de faire connaître les besoins des enfants du monde. Je suis fier de toi, me dit-il.

Avez-vous déjà été embrassé par un ange ? Ce que j'avais connu de plus semblable jusqu'ici, c'étaient les baisers de mes trois enfants quand ils étaient si gentils que je les appelais mes anges. Mais le baiser que Josip venait de déposer sur ma joue, était un véritable baiser d'ange. En plus, je n'en finissais pas d'être émue par ses dernières paroles : avait-il bien dit qu'il était fier de moi ? Je tenais encore ma joue quand Sept-Lieues décida :

– Le prochain arrêt se fait au Sri Lanka. Rukmani, viens expliquer à notre invitée l'histoire de ton enfant.

L'ange qui s'approcha de moi avait de longs cheveux. Ses gestes étaient très doux. Il s'assit confortablement sur ses talons avant de commencer.

– La famille de Rukmani est très pauvre. Quand son frère est tombé malade, le papa de Rukmani a emprunté l'argent pour faire traiter son fils. Parce qu'il ne pouvait pas rembourser sa dette, le papa a dû donner sa fille, Rukmani, en gage.

Maintenant, Rukmani est une esclave. Elle appartient à des gens, comme si elle était un objet. Elle doit faire ce que ces gens-là lui commandent de faire et elle est très malheureuse. Moi aussi, je suis triste, ajouta le petit ange aux longs cheveux. Je suis le gardien de Rukmani, mais qu'est-ce que je peux faire pour elle, si les grandes personnes ne se sentent pas responsables de toutes les petites filles esclaves du monde ?

Je sentis la mousse que j'avais sous les doigts se mouiller et je m'aperçus que je pleurais. Je regardais la petite fille du Sri Lanka jouer avec sa poupée, en attendant que les gens qui l'avaient achetée lui disent quoi faire. Je me mis à penser à ma petite fille...

– Je vais faire quelque chose, Rukmani, murmurai-je, pour toi et pour toutes les autres petites fleurs aux pétales déchirés. Je vais écrire un livre d'espoir.

Tout à coup, je vis les petites rondeurs de l'ange de Vincent basculer sur la mousse du nuage. Il se mit à glisser, entraînant dans sa chute le vieux Sept-Lieues qui tentait de rattraper ses lunettes. Avant même de pouvoir dire ouf !, ils étaient plusieurs mètres plus bas. Heureusement que

les anges ont des ailes ! En peu de temps, ils remontèrent sur mes jambes en prenant grand soin de ne pas s'approcher de l'étrange petit trou creusé près de moi.

Cette fois, Sept-Lieues avait l'air si terrible que j'eus envie de me recroqueviller. Je pensai à la bousculade que j'aurais causée, en dérangeant les anges qui se trouvaient sur moi.

– Qui a apporté de l'eau sur ce nuage ? rugit-il.

– Aucun ange n'ignore que l'eau dilue la mousse de nos nuages, fit remarquer Chef en me jetant un coup d'œil.

– Je n'ai pas apporté d'eau ! protestai-je.

Quelquefois, je parle sans réfléchir.

– Mais, commença Sept-Lieues de sa voix terrifiante, tu as pleuré !

– Juste un peu !

– Il n'en faut pas beaucoup !

– C'est votre faute aussi !

Ahhh ! ma dernière remarque avait porté fruit. Sept-Lieues gronda, mais ne dit rien.

6. Un crayon pour aider

– Je suis Swapna, dit un petit ange derrière moi ; si nous allions faire un tour en Inde, nous sommes à côté.

La diversion était la bienvenue.

– Explique-moi l'histoire de ta protégée, Swapna, demandai-je.

– Swapna a huit ans et elle n'a pas de papa. Elle vit avec sa mère dans un quartier si pauvre qu'elle doit mendier pour la faire manger. Sa maman est tombée malade. Elle a contracté un virus qui se nomme le sida. Comme les gens ont peur d'attraper cette maladie, elle doit vivre dans la rue, avec Swapna... Bientôt, la maman de Swapna va mourir et la petite fille sera toute seule. Crois-tu pouvoir parler d'elle ?

– Oui, dis-je en regardant l'ange droit dans les yeux. Je crois pouvoir

parler d'elle et de toutes les autres qui
vivent une situation semblable.

Quand nous partîmes sur notre nuage, Swapna, la petite fille de l'Inde, marchait dans les rues bondées de son pays.

– Garde l'espoir, petite Swapna, dis-je en chuchotant, toi non plus, je ne t'oublierai pas.

Finalement, j'avais froid sur mon nuage malgré la présence des petits êtres qui m'entouraient. Ils étaient pourtant tous très chaleureux, mais rien ne pourrait désormais me faire oublier les tristesses et les grandes peines qu'on venait de raconter.

– Nous savions que c'était une bonne idée de te demander de l'aide, murmura soudain Chef qui me regardait intensément.

– Toujours à cause des petits tuyaux ?

– Oui, malgré le fait que tu n'as jamais été très bonne en tuyauterie !...

Est-ce que les anges lisent facilement dans la tête des grandes personnes ? demandai-je en voyant l'ombre d'un sourire sur le visage angélique de Chef.

Est-ce que le bonheur peut s'installer sur la Terre devant une petite fille de l'Inde riant aux éclats sous le soleil de son pays ?

– Qu'est-ce que je peux faire, Chef ?

J'étais penchée vers lui, sentant que mes sourcils zigzaguaient sous mon effort de concentration.

– Ne t'inquiète pas, dit Sept-Lieues qui écoutait sans qu'on le sache, on ne te laissera pas tout de suite. On reviendra te chercher bientôt pour te ramener une autre fois sur Angélica.

– Tu seras notre invitée d'honneur, ajouta Josip lui-même en sortant de dessous mon bras.

– Nous parlerons de quelques autres enfants, mais surtout, nous mettrons au point un plan merveilleux qui servira à relier les cœurs d'adultes à ceux de tous les enfants du monde ! continua Chef dans un sourire.

– Ce sera, bien sûr, un plan angélique, mais nous prendrons des avis humains ! pouffa Vincent avec un air coquin que je n'eus aucune difficulté à reconnaître.

– Pour donner de l'amour ! coupa Swapna en haussant les épaules parce que, pour elle, ça allait tellement de soi.

Je hochai la tête, songeuse.

– Nous allons te laisser un peu de temps pour reprendre ton souffle, dit Sept-Lieues en me scrutant d'un air comique.

Un moment plus tard, il haussa légèrement les épaules et se détourna de moi.

– Que tous les anges disponibles ramènent notre invitée dans la chambre de son fils !

Tandis que les questions se pressaient dans ma tête, de nombreux anges m'entourèrent. Je les regardai en me demandant quand se tiendrait la prochaine rencontre. Puis, j'entendis un bruit étrange.

Je pris vite conscience qu'en fait, ce que j'entendais était un ensemble de plusieurs bruits identiques. Je sentis le vent sur mon visage ; mes cheveux tourbillonnaient et les cordons de ma robe de chambre étaient fermement tenus par les ailes déployées d'un ange qui ne m'avait pas été présenté. Je m'aperçus ensuite que des anges soutenaient mes bras, d'autres, ma taille. Je compris que les bruits étaient produits par les ailes de mes compagnons qui volaient. Quand je songeai à me détendre pour apprécier le voyage, il était presque terminé.

Dans mon cœur, je leur souhaitai bon retour, et je les remerciai vivement. Ma vie ne serait plus jamais la même, puisque je pris conscience que des milliers d'enfants à travers le monde ont besoin de moi.

Je mis la main dans ma poche en me dirigeant vers mon lit. Je fus très surprise d'y découvrir une plume. Mais non, c'était le morceau d'aile que j'avais accidentellement arraché à mon nouvel ami, Chef.

DEUXIÈME PARTIE

LE CONGRÈS UNIVERSEL
DES ANGES

7. La visite

Je marchais d'un pas vif en cette fin d'après-midi ensoleillée. L'automne m'entourait de ses couleurs vives qui avaient envahi ma rue. Je les regardais sans plus, préoccupée par la liste des choses à faire. Cette liste s'était installée dans ma tête dès le matin. Évidemment, en plus, je devais écrire, comme les anges me l'avaient demandé. Après tout, c'était généralement en écrivant que je gagnais ma vie. Pourquoi m'était-il si difficile de m'installer à mon ordinateur ces dernières semaines ?

– Peut-être es-tu devenue une froussarde ?

Deux silhouettes étaient assises par terre non loin de moi. Je savais que l'une d'elles avait parlé. Je savais aussi que je connaissais la voix du vieil ange dodu qui me regardait par-dessus ses lunettes. Sept-Lieues était appuyé sur Chef, derrière la plante où ils s'étaient cachés. Leur robe étincelait et leurs ailes semblaient si blanches qu'elles auraient pu servir d'exemple à la publicité du détersif que j'emploie pour ma lessive.

Je me raclai la gorge pour éloigner mes pensées taquines. Je ne pouvais pas m'empêcher de voir Sept-Lieues tournoyer dans ma machine à laver, mais ses yeux sévères me disaient bien que je ne devais pas m'attarder à d'aussi légères pensées.

– Bonjour ! m' exclamai-je. Que je suis heureuse de vous voir !

Et comme ils ne répondaient pas, je jugeai plus sage d'aller vers eux.

– Je suis parvenue à faire un plan de ce que j'écrirai... dis-je en les rejoignant.

– Peut-être, peut-être, mais ce qui compte, c'est le résultat ! me dit Sept-Lieues de son ton autoritaire. J'ai décidé qu'il fallait t'aider à accélérer le manuscrit.

Quelquefois, les décisions de Sept-Lieues me déstabilisaient.

– Comment... faire ?

– En organisant une grande réunion ! dit Chef.

– Un congrès universel ! précisa Sept-Lieues.

– Et anggggélique ? demandai-je en hésitant.

– Évidemment ! répondirent-ils en chœur.

– Il aura lieu ici même, à l'intérieur de ta maison ! annonça Sept-Lieues sur un ton sans réplique.

– Dans ma...

Qu'il est donc agaçant de rester sans voix ! Je tournai la tête en soupirant, et mon regard tomba sur la porte d'entrée de ma maison. Elle s'ouvrait justement, tirée par un ange inconnu, tandis que derrière lui, Josip et l'ange gardien de Vincent me faisaient de grands signes joyeux.

– Si tu les rejoins, ils vont t'expliquer mes décisions ! s'exclama Sept-Lieues avec un petit rire.

Je courus chez moi en me sentant légère. Si les décisions de Sept-Lieues semblaient toujours sans réplique, elles avaient bizarrement l'avantage de me rendre heureuse et enthousiaste.

– J'avais tellement hâte que tu arrives ! s'exclama Josip en me sautant au cou.

– Nous avons pensé à quelque chose de merveilleux pour te mettre à l'aise, continua l'ange de Vincent dans un grand sourire.

– Vous installer chez moi pour la réunion ? demandai-je en les embrassant.

– Encore mieux ! a dit Rukmani qui sortait justement de ma cuisine. Nous avons décidé de tenir notre réunion de façon originale : échanger nos idées en faisant un gâteau !

Dépassée par les événements, j'ouvris de grands yeux. Rukmani avait le bout du nez et des ailes saupoudré de farine. Dans ma cuisine s'entassaient de nombreux anges enfarinés. Quel ménage quand ils partiront !

Je n'ai pas pris le temps de penser vraiment au nettoyage, ébahie de voir ma maison envahie par une assemblée d'anges.

Il y en avait partout, dans la cuisine, dans le salon, sur le bord des fenêtres, partout. J'en voyais tachés de farine. Le spectacle était ahurissant !

– Hi, hi, hi, rigolait Sept-Lieues que je voyais rire de bon cœur pour la première fois. Nous n'avons jamais été si nombreux dans la même maison.

– Nous savions que tu réfléchis souvent en composant un menu pour ta famille, commença un ange osseux que je n'avais jamais vu.

– Nous avons donc pensé te mettre dans une situation POsitive ! termina Josip, d'une façon comique en appuyant sur le PO.

8. La cuisine enfarinée

On ne pouvait pas dire que les anges manquaient de politesse, pensai-je en avançant au milieu du groupe. J'étais soutenue courtoisement de chaque côté par un ange dont l'aile m'effleurait le bras.

Tandis que je me promenais ainsi dans ma propre cuisine, les anges sortaient de grands bols, cassaient des œufs et ajoutaient du sucre jusque sur le parquet. Ils se mirent à me parler le plus sérieusement du monde :

– J'aimerais qu'on parle de l'enfant dont je m'occupe, dit celui qui mélangeait la pâte. Il s'appelle Guoshuang et habite Hong Kong.

– Sa famille et lui ont été chassés de leur terre parce qu'on voulait y ouvrir des commerces, continua Sept-

Lieues. Ils n'ont plus d'endroit où habiter !

– Guoshuang est triste, ces temps-ci, reprit le petit ange du même nom.

– L'enfant dont je suis responsable se nomme Zenash, dit un deuxième en ramassant un peu de sucre de son aile pour le porter ensuite à sa bouche, tandis que mes yeux avaient à peine quitté Guoshuang. Ma petite protégée vivait au Rwanda quand la guerre et la violence l'ont obligée à fuir sa maison.

– Les parents de la petite Zenash sont morts à la guerre, déclara Sept-Lieues qui semblait enregistrer chaque cas dans sa tête. Elle a été séparée du reste de sa famille et vit dans un camp de réfugiés.

– Elle a faim, elle ne peut pas oublier la violence dont elle a été témoin. Elle a peur et manque de tendresse.

Je m'approchai de l'ange Zenash juste assez pour l'entourer de mes bras un instant. Puis, un troisième ange continua en sortant sa jolie tête de mon réfrigérateur :

– Comme Josip, la petite fille dont je suis responsable vient de Bosnie.

Pendant la guerre, des soldats ont été si méchants avec sa maman que quand Myra est née, la dame était trop triste et malade pour vouloir garder son bébé. Myra reste dans un endroit où sont rassemblés les enfants qui n'ont pas de parents. Elle est pauvre, mais elle manque surtout de quelqu'un qui l'aimerait.

En les écoutant parler, j'eus l'impression de connaître tous ces enfants. En même temps, j'entendais presque l'histoire des milliers d'autres dont on ne parlait pas, mais qui vivaient des situations semblables. Je voyais dans mon cœur de petits tuyaux se joindre les uns aux autres, et parfois même, j'imaginais mes propres mains qui les reliaient.

– L'ensemble de ta vie ne doit pas vraiment changer, tu sais.

Chef venait de parler doucement à mon oreille.

– Je ne comprends pas vraiment, murmurai-je, étonnée.

– C'est pourtant simple, répliqua-t-il en glissant son aile sous mon bras. Allons parler plus loin.

Nous nous installâmes devant la fenêtre du salon, dans mon grand fauteuil. Sur les coussins moelleux, je pris naturellement la position que j'aimais le plus. Puis je regardai les grands yeux bruns de Chef. Je me rendis compte que si je le trouvais si beau, c'est qu'il avait au fond de ses prunelles la même expression de bonté qui se lisait si facilement dans celles de mon meilleur ami.

– Ça n'a pas été facile pour toi depuis notre dernière visite ?

Sa question était presque une affirmation.

– Depuis que je vous ai rencontrés, murmurai-je, songeuse, j'ai cherché une façon unique d'aider les enfants du monde. Malheureusement...

– Malheureusement, continua Chef, peut-être as-tu cherché une solution trop compliquée.

Son aile se déposa légèrement sur mon bras, et il pencha vers moi son beau visage.

– Tu cherches trop, dit-il dans un sourire. Vous, les êtres humains, avez tous des talents. Ce sont eux, souvent, qui vous différencient les uns des autres. Ce sont eux aussi, parfois, qui changent les situations. Toi, tu écris, un autre sait organiser, un troisième peut bricoler... À vous tous, et même à nous tous, nous pouvons juste colorer le monde.

Il n'avait pas dit changer le monde, mais juste le colorer, quelle drôle d'idée ! Je sentis l'enthousiasme monter en moi. Depuis la dernière fois que je les avais vus, j'avais peut-être cherché à me compliquer la vie.

– Est-ce pour ça que tu me dis que ça ne doit pas vraiment changer ma vie ?

– Je veux dire que quand tu fais les gestes qui remplissent tes journées, et qu'en même temps, une petite partie de ton cœur est tournée vers les enfants qui ont de la peine, on ne peut plus dire qu'ils sont totalement oubliés.

– C'est ça qui fait la différence pour eux, tu crois ?

– J'en suis certain ! La pire chose qui peut arriver, c'est que personne ne se préoccupe des enfants malheureux.

Je regardai Chef se lever et je le suivis dans la cuisine en réfléchissant à ses paroles. Il se dirigeait vers Sept-Lieues, s'aidant de plusieurs vigoureux coups d'ailes qui faisaient malheureusement mille nuages de farine dans mes fenêtres fraîchement lavées.

– Nous sommes prêts pour la deuxième étape, lança-t-il à la ronde en regardant Sept-Lieues.

– Les cinq anges déjà désignés resteront ici pour terminer le travail ! tonna la voix du vieillard, tandis que je m'étonnais qu'il ne pose aucune question.

9. Ève, Vincent et Raphaël

Mon étonnement ne dura pas. Soudain, jaillit de ma cuisine un énorme bruit assourdissant... et quelques ailes m'époussetèrent le nez. Puis, je sentis qu'on me soulevait.

J'aurais pourtant dû m'y habituer, me dis-je intérieurement, en crispant les mains et les sourcils. Je ne savais pas encore par quelle fenêtre ou quelle porte nous étions sortis. Je voyais déjà le toit de ma maison, entourée par l'immensité du ciel bleu. Les couleurs de l'automne, que j'avais appréciées plus tôt dans ma promenade, me semblaient maintenant un décor formidable et sans fin.

Je dus atterrir. Je ne crois pas l'avoir fait avec beaucoup de grâce et de délicatesse. Pourtant, j'aurais apprécié. Je m'empressai donc d'oublier le spectacle que les nombreux anges déjà au sol auraient pu contempler s'ils avaient regardé. En fait, même mes anges transporteurs ne me regardaient plus. Tout semblait leur être naturel. J'en aurais crié... pour attirer un moment l'attention sur moi. Après tout, j'aurais voulu partager avec eux mille questions qui se posaient.

Évidemment, aucun de mes amis sur la Terre ne pourrait répondre à mes questions ! D'une part, parce que je ne m'étais vantée à personne d'être allée chez les anges. D'autre part, parce que je ne connaissais pas un chat, euh ! une grande personne, enfin ! un être humain qui avait vécu une aventure semblable à la mienne !

Angélica ressemblait toujours au nuage occupé qui m'avait accueillie plusieurs semaines auparavant. Les petites collines blanches et mousseuses bourdonnaient d'activité et, bien qu'une bonne quantité d'anges m'eussent accompagnée, il en restait toujours une multitude d'autres au pays de mes amis ailés.

– Mettre son talent au service des autres, c'est un bon départ, mais il faut surtout y mettre sa plus grande richesse, lança l'ange de Vincent qui était revenu près de moi.

Il me regardait me relever de mon voyage, avec dignité. Son aile levée au niveau de son petit nez me fit soudainement l'effet d'un index indicateur.

– Mais, quelle est ma plus grande richesse ? demandai-je en fronçant les sourcils.

– Tu possèdes quelque chose de très, très précieux, me dit une petite voix.

Tandis que l'ange de mon fils par
lait, je sentis tout à coup deux petites
ailes qui venaient se nouer dans mon
cou. Curieusement, j'eus une sensa-

tion familière que je ne compris pas
sur le moment. Je mis mes mains sur
les ailes en me disant que cette voix
me rappelait quelqu'un. La semaine
précédente, j'avais bien raconté à ma
famille une histoire sur le travail des
enfants, mais...

– Raphaël !

– Allô ! dit l'ange en riant, je ne suis pas Raphaël, mais son ange gardien, et tu sais, j'ai l'impression que je te connais depuis toujours.

– Tu es venu chercher une solution aux problèmes des enfants malheureux ? lui demandai-je tout heureuse.

– Tu sais, l'ange de Vincent et moi-même en avons beaucoup discuté. Nous sommes souvent témoins du découragement de l'un ou l'autre des anges gardiens des enfants qui souffrent. Et parce que nos protégés, tes enfants, sont des humains heureux, nous croyons que nous pouvons aider.

– Eux aussi aimeraient sûrement faire leur part s'ils le pouvaient. C'était donc ma famille, la richesse dont tu parlais ! ajoutai-je en pensant à mes fils. Ma fille aurait de bonnes idées aussi. Où donc est l'ange d'Ève ?

Je tournais la tête de tout côté, pensant trouver un ange en jeans sous sa robe longue, avec des cheveux bouclés remontés en chignon.

– Tu ne trouveras pas Ève tout de suite, me dit Raphaël en faisant la moue, elle est allée faire du patin à roues alignées !

– Un ange en patins à roues alignées ! m'exclamai-je.

Je n'en revenais pas ! L'idée que j'avais toujours eue des anges aux yeux baissés et aux mains jointes, était en train d'écla... de... de se... de se moderniser.

– Si on allait la retrouver ? dis-je à toute l'assistance qui s'attroupait maintenant autour de moi.

Raphaël et Vincent me donnèrent l'aile, et tous les trois, nous guidâmes le groupe un peu plus loin. Sous le ciel de mousse, il tombait de petits morceaux de nuage qui tourbillonnaient avant de se poser sur les anges, en faisant de minuscules étincelles. Je me dis qu'avec un tel spectacle, nous pourrions sûrement faire des merveilles.

– Ève, Èèèèève ! Viens vite ! crièrent ensemble les anges de mes fils.

Et bien sûr, les anges ressemblent un peu à leur protégé et vice versa... Toujours est-il que ma fille arriva, euh non, son ange arriva, un casque d'écoute sur les oreilles. Il diffusait une musique qui n'avait rien d'angélique. De plus, l'ange mâchait un énorme *chewing-gum...* céleste.

10. La famille

Mais je n'avais pas le temps de me poser des questions aussi... terre à terre. La vitesse des patins était légèrement trop grande. L'ange d'Ève appliqua les freins, mais... Un peu avant de s'immobiliser, dans un grand grincement, l'ange cria :

– Saluuuut !

Il m'attrapa par la taille et nous tombâmes tous les deux dans la mousse, avec son éclat de rire et mon hurlement.

– Aaaaaaaaah !

Relevée avec ce qui me restait de dignité, je fis un effort pour adoucir mes gros yeux. Après tout, je n'étais pas sa mère, mais seulement celle de sa protégée. Comme j'ai trois enfants, j'avais donc rencontré tous leurs anges. C'était largement suffisant !

Sept-Lieues s'avança sans cacher ses sourcils froncés.

– Étant donné que nous nous sommes réunis dans l'esprit d'un congrès universel, dit-il de sa voix habituelle, je propose que nous adoptions une attitude sérieuse et que nous commencions à parler des moyens d'améliorer la condition des enfants à l'échelle de la planète Terre !

– Un des moyens que nous avons trouvés, résuma Chef, en invitant d'un geste de l'aile l'assemblée à s'installer sur les bancs ouatés, est de profiter du crayon de notre invitée qui décrira la condition de certains enfants. Bien entendu, dit-il à mon intention, tu ne dois pas perdre de vue qu'ils sont des millions et des millions, et que tu n'as entendu parler que de quelques-uns.

– Je sais aussi, répondis-je en plissant le front sous un effort de concentration, que ma plus grande richesse, c'est ma famille et le bonheur qu'elle m'apporte.

Avec l'index de la main droite, je touchai alternativement à deux doigts de ma main gauche pour compter les choses que je savais.

– Je sais que le pire qui peut arriver à un être humain, c'est qu'il se sente totalement oublié.

– On avance ! s'exclama soudain une petite voix. Il faut tout simplement partir de là.

Toute l'assemblée chercha un moment d'où venait cette petite voix. Quand tous les anges et moi-même eûmes la tête levée vers un minuscule nuage au-dessus de nous, Sept-Lieues intervint d'une voix colérique :

– C'est encore toi et tes entreprises, Éli ! Tu n'es pas sérieux pour un ange responsable d'un garçon de quatre ans !

Au-dessus de nous, j'entendis gratter... Je vis se creuser un trou dans le nuage. Ce qui grattait, bien sûr, c'étaient les petites ailes de cet adorable bébé ange. Il se laissa tomber sur la jolie robe bleue que j'avais eu le temps de mettre cette fois.

– Oh! excuse-moi, gazouilla Éli en m'époussetant de ses ailes. Je ne voulais pas t'éclabousser de la mousse de mon nuage voyageur.

– Ça ne fait rien, lui dis-je en soufflant pour chasser un peu de mousse sur mon nez. Comment est-ce au Mali maintenant ?

– Mieux ! répondit-il, catégorique. Plusieurs programmes d'aide aux femmes et aux enfants sont déjà en place, tu sais !

J'approchai ma joue de la petite tête en réfléchissant. La richesse de ma famille... Après tout, l'idée même de la famille, c'était l'amour qu'on y semait, les mains qui se tenaient pendant les joies comme pendant les peines...

11. La dentelle d'amour

J'eus soudain envie de tenter une expérience nouvelle.

– J'aimerais que partout où vous êtes, mes anges, vous tendiez votre aile pour toucher celle du voisin.

– C'est une idée très originale, grommela Sept-Lieues en haussant les sourcils, tandis qu'avec une grimace, il regardait l'aile qui se tendait vers lui.

Les anges ne se touchent pas très souvent. Je le sais bien, moi qui aime bercer et caresser ! J'avais remarqué que, malgré leur gentillesse pour les enfants, les anges n'ont pas l'habitude de s'embrasser pour se saluer.

C'est alors que se produisit un événement extraordinaire. Les anges avaient oublié leur timidité et se tenaient tous par le bout de l'aile. Leurs ailes déployées formaient une immense dentelle qui encerclait Angélica. C'est qu'ils étaient très nombreux, les anges gardiens, et à cause de leurs ailes ouvertes, ils prenaient encore plus de place.

– Vous formez une dentelle d'amour d'un bout à l'autre d'Angélica ! m'exclamai-je, émue.

– Il n'y en a jamais dans nos assemblées ! répliqua Sept-Lieues, bourru.

J'éclatai alors de rire. Évidemment qu'il n'y avait jamais de dentelle d'amour où Sept-Lieues se trouvait ! Il avait un amour guindé, ce bon Père Noël à la robe blanche. Spontanément, je décidai de changer une bonne fois la situation. En courant, je fis le tour de la dentelle, et quand je fus en face du vieil ange que j'aimais, je lui appliquai sur la joue un gros baiser retentissant.

– Oh, oh mais... protesta notre ami tenant toujours les ailes des autres qui l'entouraient comme s'il était incapable de bouger.

– C'est ce qu'il faut créer sur terre, dit Chef, en coupant court à l'étonnement de Sept-Lieues, toujours immobile.

– Sentir un esprit d'équipe, dit soudainement l'ange d'Ève dont la protégée faisait continuellement du sport.

– Cela s'appelle la solidarité, renchérit Chef

– On avait dit : si chaque être humain se sentait à l'écoute de son voisin, même loin de lui... se rappela Vincent.

– Ça ferait comme une grande chaîne autour de la terre ! s'exclama Raphaël

– Et tous les maillons s'intéresseraient les uns aux autres ! continua Sept-Lieues.

– Comme dans une famille, ajoutai-je, la grande famille de l'univers !

– Une famiiiille... Une famiiiille... Une famiiiille...

Les anges de mes trois enfants, ainsi qu'Éli et Josip, se mirent à courir en répétant tous le même mot de plus en plus vite. Ève sur ses patins guidait le petit groupe qui, au début, allait bien. J'ai bien dit au début.

La suite devint plus tendue. Peut-être même plus bruyante, avec un brin d'excitation, d'énervement et un peu de... frissons.

Éli était le dernier des cinq petits anges, et probablement le plus coquin. Il tint l'aile de Chef. Très fort. Le problème, c'est que Chef tenait Sept-Lieues qui, lui-même, tenait son voisin qui tenait... Vous vous rappelez la dentelle d'amour ? Tout était allé si vite que pas un ange n'avait lâché prise.

C'était une dentelle d'amour en mouvement. Une dentelle criante. Oh ! ça ne dura pas vraiment, mais juste assez pour que quelques dizaines d'anges s'empilent en quelques secondes sur un nuage. Heureusement, il paraissait moelleux. Éloigné du point de départ, mais moelleux.

Dans un silence, ils se relevèrent, et sans sourire, je les rejoignis en cherchant de tout mon cœur une phrase d'encouragement. Je pense que ce n'en était pas une. Mais comme j'étais, et je suis toujours pleine de bonne volonté, je la prononçai quand même :

– Dans une famille, quelquefois, les initiatives ne sont pas toujours bonnes, mais ce qui compte, c'est d'en ressortir grandi et uni.

Alors, seulement, je leur souris.

– Une dentelle d'amour en mouvement, ça peut faire la différence.

L'ange de ma fille, ne semblant pas du tout honteux de l'action dont il était responsable, dénouait les lacets de ses patins en réfléchissant tout haut.

– Moi, je veux bien d'une dentelle qui bouge, mais je la veux sur la terre, répliqua l'ange de Raphaël, boudeur.

– Tu as raison, s'exclama Ève en se relevant, c'était l'idée qui était ressortie pour notre deuxième rencontre avec notre invitée.

– Nous voulions à notre tour être SES invités ! insista Raphaël.

– C'est une bonne idée, approuvai-je. Venez chez moi !

– Les préparatifs pour créer de nouvelles histoires doivent être terminés maintenant, reprit Chef, inquiet.

– Le gâteau ! s'est exclamé Éli, en poussant Josip comme un galopin.

J'ai tellement hâte de manger du gâteau !

 – Nous venons tous ! proclama Chef au nom des autres.

12. Regarder avec son cœur

Et nous repartîmes, la seconde suivante. Pourquoi les anges ne voyageaient-ils pas dans des avions ordinaires ? demandai-je. J'étais tirée et poussée dans le bleu du ciel, avec, je l'avoue, encore quelques petits frissons d'effroi dans ma colonne vertébrale. Voyons, je fais confiance aux anges pour ce qui concerne le sort des enfants du monde et, je m'inquiéterais pour moi-même ? Les anges ne me laisseraient sûrement pas tomber. Pendant que cette idée passait dans ma tête, je vis le clin d'œil qu'ils échangeaient tous. Évidemment, Sept-Lieues ne pouvait pas être dans les parages quand on avait besoin de lui ! Où était-il ? Où était-iiiiiiil ?

Vous avez deviné. Ils me laissèrent tomber. J'atterris dans mon lit. Comment voulez-vous garder votre robe toute fraîche quand vous avez des dizaines d'anges comme amis ?

Je ne pris pas le temps de répondre à la question, curieuse de voir l'aspect de ma maison envahie par l'assemblée des anges.

Il y en avait partout. Et enfarinés en plus ! Dans ma cuisine, dans mon salon, sur le bord de mes fenêtres.

Partout.

C'était un peu spécial, un tout petit peu spécial. Mais je n'avais pas prévu le désastre.

– Chérie, appela soudainement mon mari, je suis allé chercher les enfants à l'école. Nous sommes tous arrivés.

– Ah non ! répondis-je spontanément.

– Pardon ? demanda mon mari, inquiet.

Décidément, ce n'était qu'un spécial, un tout petit spécial ! Pour une fois que je ne voulais pas que ma famille entre de bonne heure !...

– Je t'ai-aime ! lui criai-je.

Quelquefois, ça arrange les choses.

– Qu'est-ce qui se passe ?

Les quatre membres de ma famille posèrent la question tous en même temps, en s'avançant dans la cuisine pour me rejoindre.

– Mais il y a plein d'anges ici ! s'exclama mon fils, Raphaël, en s'immobilisant les poings sur les hanches.

On peut compter sur Raphaël pour dire en cascade les secrets qu'on ne veut pas ébruiter.

– Justement, à ce propos... commençai-je innocemment...

– Qu'est-ce qu'il dit ? demanda mon mari, en montrant son rejeton de la tête.

– Ah toi, quand tu ne veux pas comprendre ! grondai-je...

– Pardon ? redit mon mari.

– Mais il y a plein d'anges ici ! répéta mon fils Vincent.

Mon mari regarda son autre fils :

– Qu'est.... ?

– Regarde avec ton cœur... dit Sept-
Lieues en se tournant vers mon mari.

– Regarde avec ton cœur, regarde avec ton cœur...

Les anges se passèrent le mot. Finalement, ma maison était remplie de cette invitation chaleureuse. Ma famille et moi avons en fûmes bien remuées.

– Je crois que j'ai trop travaillé aujourd'hui, je me sens fatigué, murmura mon mari.

– Ça y est ! Tu les vois, papa !

Heureuse, Ève tapa des mains. J'expliquai alors à ma famille mon aventure chez les anges et les besoins des enfants du monde. Quand je démontrai qu'on pouvait les aider, mon mari se frictionnait de plus en plus l'estomac. Il a toujours mal à l'estomac quand il est impressionné.

Après tout, on ne peut pas apprendre aux adultes les grands secrets de l'existence sans qu'ils aient des réactions d'adultes, c'est évident ! Moi-même, j'avais cru un moment avoir attrapé le microbe du rhume de Vincent.

– Maintenant que tout le monde est revenu de sa surprise, dit Chef en s'installant confortablement sur la hotte de la cuisinière, je propose que nous continuions le congrès universel des anges dans cette maison. À plus forte raison, maintenant que nous y sommes accueillis par la famille entière.

– Surtout que c'est une force ! approuva Josip qui sortait tout excité de la chambre de mes fils, une bande dessinée sous chaque aile. La famille est une force, et c'est pour cela que nous sommes venus.

– Qu'est-ce qui est une force ? demanda mon mari, inquiet.

– D'être une famille, bien sûr ! répétèrent ensemble mes fils et leurs anges qui riaient à gorge déployée.

13. La petite graine en terre

Mon cœur se gonfla de fierté. Ma famille était un cadeau, le plus beau cadeau que j'aie eu. Si elle pouvait aider qui que ce soit, j'étais certaine qu'elle en sortirait grandie. L'amour rend fort.

– Qu'est-ce qu'on peut faire concrètement ? demanda mon mari, en homme d'affaires averti.

– Nous nous demandions... commença Chef qui était lui aussi un organisateur dans son groupe d'anges...

– Si chacun de vous pouvait... renchérit Sept-Lieues en s'approchant, l'aile droite tachée du glaçage au chocolat...

– La famille avec l'amour, la confiance, la présence attentive.... poursuivit l'ange de mon fils, Raphaël...

– Ouais, la famille avec sa joie, son goût de vivre et de partager, c'est en plein ce dont tous les enfants du monde auraient besoin ! termina l'ange de Vincent d'un ton décidé.

Ces deux-là font équipe, dis-je en les regardant juste avant que l'ange d'Ève ajoute son petit mot :

– C'est facile ! On imagine une dentelle d'amour en mouvement partout sur la Terre.

Il mit comiquement ses deux ailes autour du cou de mon mari qui raidissait les épaules, tout surpris, en cherchant sa vraie fille des yeux.

– Les adultes deviennent les parents de tous les enfants du monde ! Comme si, aujourd'hui, on déposait une petite graine en terre, termina l'angelot.

– Oui ! coupa Vincent, tout excité par notre rencontre. Fermez les yeux ! Regardez-la dans votre cœur ! On place une petite graine dans la terre et elle finira par grandir, devenir immense peut-être...

Éli mangeait justement une pomme. Avec le bout de son aile, il prit un pépin et le porta dehors. Mon mari le suivit, tout sérieux. Ils le mirent en terre ensemble et l'arrosèrent.

– C'est un symbole, une image, murmura simplement Sept-Lieues, tout ému.

Puis Josip s'approcha de mon mari en accrochant avec affection ses petites ailes à son pantalon. Les yeux penchés vers le gardien du petit Bosniaque, mon mari avait l'air rassurant du meilleur papa du monde.

– Ce qu'on cherche de plus précieux est souvent enfoui à l'intérieur de soi, me dit Sept-Lieues avec un petit sourire satisfait.

Je décidai de faire le tour de ma maison pour mettre mon esprit au repos. En attendant, je profiterais du spectacle de tous ces amis anges chez moi. J'aimais le congrès universel des anges.

– Tu serais un bien gentil papa pour tous les enfants ! entendis-je l'ange de Vincent s'exclamer en rigolant.

– C'est ce que je tente de lui faire deviner en le chatouillant un peu avec mes ailes autour de son cou.

Cette fois, c'était l'ange de Vincent qui venait de parler. Puis, j'eus à peine le temps d'entendre un grand bruissement d'ailes avec un éclat de rire avant que mon mari ne me dise de sa voix la plus incertaine :

– Chérie, sais-tu où se trouve le médicament contre les maux d'estomac ?

À son ton, je sus bien vite que quelque chose n'allait pas selon son goût. Je retournai en hâte dans la cuisine.

Savez-vous d'où venait le bruissement d'ailes ? Les anges de nos fils avaient finalement adopté mon mari. L'ange d'Ève était toujours accroché à son cou et les deux autres se balançaient avec vivacité, bien tenus par les bouts de la cravate du papa de leur protégé. Il avait enfin complètement cessé de se frotter l'estomac.

Cette fois, mon mari avait bien besoin d'aide. Sans un regard pour Chef et Sept-Lieues qui cachaient leur sourire sous leurs ailes, j'écartai trois anges trop agités. Je donnai un léger baiser sur le bout du nez de mon mari et je repartis me promener. Décidément, j'aimais le congrès universel des anges !...

Dans mon bureau, Teresa, l'ange gardien de la petite Italienne dont les parents étaient divorcés, s'entretenait avec Rukmani, l'ange de la petite es-

clave du Sri Lanka et avec ma fille
Ève.

– Quand on s'aime, on est toujours
prêt à faire de petits miracles pour
aider, disait ma fille sans que j'en
sache la raison.

Au sous-sol, Éli s'était accroché au
ballon à l'hélium qu'un des enfants
avait reçu en cadeau la veille. Swapna
et Guoshuang riaient de le voir faire
mille cabrioles. Il y avait aussi plein
d'anges sympathiques que je ne connaissais pas. Je saluais les uns et
contournais les autres pour ne pas les
déranger.

Les anges de Zenash, Tadesse et
Mauricio, dont les petits enfants manquaient tellement de sécurité, avaient
trouvé refuge près de la cheminée où
brûlait un bon feu de bois.

Puis je trouvai mes fils, leur ange et
mon cher petit Josip dans la chambre
de mes garçons. Raphaël et Vincent
leur montraient leurs livres. J'allais

sortir sans bruit de la chambre quand Vincent s'adressa à moi :

– Maman, Josip et nos anges nous accompagnent cette année pour l'Halloween.

L'Halloween ! Oh ! que c'était une bonne idée !

ÉPILOGUE

– Maman, papa est incapable de mettre le chapeau à Josip !

En entendant Raphaël, je me hâtai de rejoindre le petit groupe qu'il formait avec Josip, les Vincent et mon mari. L'ange de Raphaël était étendu de tout son long sur le lit de mon fils. Après avoir enfilé un vieux costume de lapin, il semblait épuisé.

Le plus difficile, quand nous décidâmes de déguiser les anges, avait été de cacher leurs ailes. L'ange de Vincent était le seul à avoir insisté pour rester en ange, de sorte que je n'avais eu qu'à lui confectionner une auréole en papier doré qu'il tenait fièrement au-dessus de sa tête.

Josip voulait ressembler à un cultivateur comme le père de son protégé l'avait été. J'avais déniché dans ma

remise un vieux chapeau de paille que
mon mari et les garçons s'appliquaient
à faire tenir sur sa jolie tête aux cheveux bouclés.

Avec mon petit groupe, j'allai retrouver les autres anges qui, avec ma
fille, installaient les citrouilles rieuses
devant ma maison.

– Mon père trouvait que l'Halloween
était une fête inutile, leur dis-je en

prenant les jolies Ève par le cou. S'il savait ce qui se passe chez nous, ce soir, il n'en reviendrait pas !

– Les adultes ne savent pas toujours, me répondit Sept-Lieues en redressant (une autre fois !) le chapeau de « Josip le cultivateur » qui passait devant lui.

– Oui, renchérit Chef en tenant d'une aile son gros nez de clown, si on croit que la fête n'est guère qu'une journée où on parle de fantômes et de sujets effrayants, alors, c'est vrai que la fête est inutile.

– Mais si on sait dans son cœur, lança mon fils Raphaël, qui tenait l'aile de son ange gardien, qu'une fête, c'est amusant et que ça se partage, alors on vient d'allumer nos petites bougies de bonheur.

– Hum ! renchérit l'ange de Vincent en pouffant, ce sont des bougies qui s'allument quand on répand de la joie autour de soi.

– Et ça veut dire aussi, ajouta mon mari, qui aimait les explications claires, que même si j'ai déjà une famille, je peux très bien en fonder une autre, un peu plus grande.

– À l'échelle de la planète !

J'avais crié. L'émotion me fait quelquefois lever le ton.

– C'est tout à fait ça ! s'exclama l'ange de Vincent, tout joyeux. Le cœur de chacun de vous relié aux enfants du monde, ça finit par devenir tellement chaud que chaque année, ça éclate comme du maïs soufflé le jour de l'Halloween. C'est la fête que les enfants d'ici prennent plaisir à organiser et qui tourbillonne jusqu'aux quatre coins de la terre.

– Le jour de l'Halloween, la dentelle d'amour, c'est une tirelire de l'Unicef ! Ça revient à l'histoire d'une famille, expliqua Chef plus simplement en se penchant vers ma fille. Tu t'amuses en pensant aux enfants plus pauvres.

– L'esprit de l'Halloweeeeeeen, m'exclamai-je de ma plus jolie voix de fantôme, deviendrait finalement un esprit de famille !

Avec affection, je mis mon bras autour des épaules de mon mari. Nous savions ce qu'un enfant pouvait donner de tendresse et de joie. Nous nous sentions de plus en plus les parents de tous les enfants du monde. À petites doses et avec tout notre amour.

– J'aime l'Halloween !

Celui qui venait de crier joyeusement en passant en trombe au-dessus de nos têtes était, bien entendu, Éli, l'ange intrépide.

– Éli, tu as oublié que tu n'es pas sur Angélica ! m'exclamai-je en regardant discrètement à droite et à gauche si nos voisins nous regardaient.

– Éli ! Tu fais peur à la maman de nos amis ! cria Josip qui était toujours attentif à mes souhaits.

En voyant nos yeux inquiets, Josip pensa qu'il devait absolument arrêter Éli.

En fait, il ne pensa pas. Il s'envola à la suite du petit ange qui causait déjà tout un émoi dans le quartier.

Mon voisin crie souvent. Il a une belle voix de ténor.

– Hélèèèèène ! cria-t-il à sa compagne, viens voir ce qui se passe dans la rue.

Chef me jeta un coup d'œil, affolé. Il croyait qu'un seul coup d'aile de sa part suffirait à ramener les fugitifs.

Il avait tort.

En fait de coup d'aile, avec trois anges dans le ciel de mon quartier, il y avait plutôt un bruissement effroyable. Tous les enfants de la rue s'étaient immobilisés, leur sac de bonbons et leur tirelire dans les mains. Les adultes, surpris, criaient.

Et les anges dans le ciel ? Avez-vous déjà déployé vos ailes avec un déguisement d'Halloween qui vous freine dans vos mouvements ? Non, bien sûr, vous n'avez pas d'ailes. Heureusement.

Chef, Josip et Éli laissèrent tomber tour à tour leurs déguisements sous les yeux ébahis des gens qui passaient l'Halloween. Les grandes personnes à l'intérieur des maisons sortaient dans la rue pour profiter du spectacle. Les ailes de Chef, Josip et Éli se déployèrent dans le ciel assombri par la nuit qui venait. Josip et Éli qui étaient déjà passés dans plusieurs maisons renversèrent leur sac sans le vouloir. Sous les étoiles, les bonbons tombèrent partout comme une pluie, au pied de plusieurs enfants ravis et étonnés.

Ces mêmes enfants se mirent finalement à crier de joie :

– Bravo ! Vive l'Halloween !

Mes enfants, eux qui avaient bien saisi le message des anges, voulurent les aider :

– Vive le partage de l'Halloweeeeeeen ! Remplissons les tirelires
de l'Unicef pour les enfants du monde !

Mon voisin ne cria plus.

Je cherchai une explication logique
à donner à mes voisins, mais ils ne
m'en demandèrent pas. Ils gardèrent
le merveilleux dans leur cœur.

J'aime penser que ce merveilleux-là
servit aux enfants du monde.

Les tirelires des enfants étaient
pleines.

Cette nuit-là, les anges retournè-
rent sur Angélica.

Demain, un autre jour commen-
cera.

J'aime penser que ce merveilleux
servit à relier les cœurs des gens heureux à ceux qui ne le sont pas.

Les relier pour toujours, comme
dans une famille.

LES DROITS DES ENFANTS
PAR DES ENFANTS

Toutes les personnes qui n'ont pas 18 ans sont des enfants. Les enfants ont tous les droits qui sont écrits dans la Convention relative aux droits de l'enfant.

Jacob, 7 ans (article 1)

Tu as ces droits peu importe qui tu es, qui sont tes parents, quelle est ta couleur, quelle est ta religion et quelle est ta langue, que tu sois une fille ou un garçon, que tu sois handicapé physiquement ou non, que tu sois riche ou pauvre.

Jennifer, 11 ans (article 2)

Ta mère, ton père ou ton tuteur doivent prendre soin de toi et toujours faire ce qui est le mieux pour toi. Le gouvernement doit les aider à te fournir ce qu'il te faut pour survivre et te développer.

Nadine, 12 ans (articles 3, 4, 5 et 18)

Tu as le droit d'être en vie !

Heather, 5 ans (article 6)

Tu as droit à un nom que tu dois enregistrer à ta naissance. Tu as aussi droit à une nationalité.

Simon, 12 ans (articles 7 et 8)

Tu ne dois pas être séparé de tes parents, à moins que cela ne soit vraiment la meilleure solution pour toi. Si tu vis séparé de tes parents, tu as le droit d'être élevé par quelqu'un qui t'aime et qui s'occupe bien de toi.

Davis, 12 ans (articles 9 et 20)

Si tu ne vis pas dans le même pays que tes parents, tu as le droit d'aller les voir. Le gouvernement doit t'aider à rester uni à ta famille.

Greg, 12 ans (article 10)

Tu as le droit de donner ton avis, et les adultes doivent le prendre au sérieux.

Simon, 12 ans (article 12)

Tu as le droit de faire connaître ton avis, par des mots, par des dessins, par l'écriture, ou comme tu veux, à condition de ne pas nuire aux autres et de ne pas les blesser.

Simon, 12 ans (article 13)

Tu as le droit de choisir ta religion et tes avis. Tes parents doivent te guider et t'aider à décider ce qui est bien et ce qui est mal.

Glenda, 9 ans (article 14)

Tu as le droit de choisir tes amis et de faire partie de certains groupes, pour autant que cela ne nuise pas aux autres.

Davis, 12 ans (article 15)

Tu as droit à ta vie privée.

Effie, 8 ans (article 16)

Tu as le droit de savoir ce qui est important pour ton bien-être. La radio, les journaux, la télévision, les livres et les ordinateurs doivent te transmettre cette information. Les adultes doivent s'assurer que tu obtiens cette information et que tu la comprends.

Glenda, 9 ans (article 17)

Les adultes qui s'occupent de toi n'ont pas le droit de te maltraiter, de te battre ni de te dévaloriser. On doit te protéger contre la violence mentale, physique et sexuelle. Si tu es maltraité, tu as le droit d'obtenir de l'aide pour t'en sortir.

Jennifer, 11 ans (articles 19, 34 et 39)

Si tu es handicapé, tu as droit à des soins spéciaux ainsi qu'à la protection et à l'éducation dont tu as besoin. Tu as les mêmes droits que tous les autres enfants.

Tanya, 11 ans (article 23)

Tu as droit à de bons soins de santé, à l'eau potable et à des aliments nutritifs. Tu as aussi le droit de vivre en sécurité.

Simon, 12 ans (articles 24 et 27)

Tu as droit à l'éducation. Tu dois pouvoir aller à l'école aussi loin que tes capacités le permettent.

Glenda 9 ans (article 28)

L'éducation doit te permettre d'utiliser tes talents et tes aptitudes. Elle doit aussi t'aider à apprendre à vivre en paix, à protéger l'environnement et à respecter les autres.

Jennifer 11 ans (article 29)

Tu as le droit d'avoir ta propre culture ou la culture de ton choix. Tu as aussi le droit de parler ta propre langue.

Sherry, 10 ans (article 30)

Tu as le droit de jouer.

Aku, 8ans (article 31)

Tu as le droit de ne pas faire un travail dangereux pour ta santé ou qui t'empêche d'aller à l'école. Si tu dois travailler, tu as le droit d'être en sécurité et de recevoir un salaire raisonnable.

Tiffany, 9 ans (article 32)

Tu as le droit de refuser de prendre de la drogue ou d'en vendre.

Susana, 10 ans (article 33)

Personne n'a le droit de te kidnapper ou de te vendre.

William, 10 ans (articles 11 et 35)

Même si tu fais quelque chose de mal on ne peut te punir cruellement. Tu as le droit d'avoir une aide juridique et d'être traité de façon juste.

Vanessa, 11 ans (articles 37 et 40)

Tu as le droit de vivre en paix, mais si tu vis dans une région en guerre, tu as le droit d'être protégé. On ne peut te forcer à t'enrôler dans l'armée ou à participer à la guerre. Les enfants réfugiés ont besoin d'une aide spéciale.

William, 12 ans (articles 22 et 38)

Tu as le droit d'être adopté si c'est dans ton plus grand intérêt et que ton pays accepte l'adoption.

Raphaël, 11 ans (article 21)

Si tu es placé dans un endroit où tu reçois des soins, une protection ou un traitement physique ou mental, tu as le droit à un examen régulier qui révise ton cas et te dit si tu as encore besoin d'être placé.

Raphaël, 11 ans (article 25)

Tu as le droit de connaître tes droits !

Effie, 8 ans (article 42)

PETIT TEST

POUR TOUS LES ENFANTS

1-) Quels sont les cinq droits que tu trouves les plus importants ?

2-) Pourquoi as-tu choisi ces droits ?

3-) Quels sont les droits qui ne sont pas appliqués chez les enfants que les anges visitent dans l'histoire que tu viens de lire ?

4-) Qu'est-ce qui pourrait être fait à ton avis pour aider ces enfants ?

5-) As-tu déjà entendu parler de pays où les droits des enfants ne sont pas reconnus ?

6-) Qu'est-ce qui se passe dans ces pays ?

7-) Qu'est-ce que tu peux faire pour aider les enfants qui vivent une situation ne respectant pas les droits des enfants ?

PLAN D'ANIMATION

POUR LES GRANDES PERSONNES

Ce plan s'adresse aux animateurs. Ces derniers peuvent choisir de parler à un groupe ou à une classe, d'un pays où les droits des enfants ne sont pas respectés.

« Dans des pays industrialisés comme dans des pays en voie de développement, les enfants sont confrontés quotidiennement à la violence de la rue et aux pressions des trafiquants de drogue. Ils sont victimes d'exploitation sexuelle et de mauvais traitements. »

(FOUNTAIN, Susan, *Ce n'est que justice !*, Fonds des Nations Unies pour l'enfance, 1993, 81 pages.)

1-) Quels sont les problèmes ?

2-) Que pouvons-nous faire ?

3-) Quels sont les obstacles ?

4-) Projet d'action dans le monde

(Sélectionner)

5-) Identifier les personnes, les ressources et les compétences

6-) Élaborer un plan détaillé

7-) Exécuter le plan

8-) Évaluer

TABLE DES MATIÈRES

COLLECTION **DÈS 6 ANS**

Francine Bélair
  Mamie et la petite Azimer
Odette Bourdon
  Shan et le poisson rouge
Dominic Granger
  Bichou et ses lunettes

COLLECTION **DÈS 9 ANS**

Louis Desmarais
  Tempêtes sur Atadia
  Tommy Laventurier

Le Bateau hanté
Indiana Tommy
L'Étrange Amie de Julie (Sélection de Communication Jeunesse)
Josée Ouimet
Passeport pour l'an 2000
Manon Plouffe
Clara se fait les dents
Manon Boudreau
Le Magicien à la gomme
Jean Béland
Un des secrets du fort Chambly
Adieu, Limonade !
Francine Bélair
Les Dents d'Akéla (Sélection de Communication Jeunesse)
Jean-Marie Gagnon
La Fiole des Zarondis
Isabel Vaillancourt
L'Été de tous les maux

COLLECTION **ADOS/ADULTES**

Isabel Vaillancourt
sr@fantome.com À vos risques et périls
Renée Amiot
Une Seconde chance
La Face cachée de la Terre

Jean-Pierre Gagnon
   Don Quichotte Robidoux
Gilles Lemieux
   Argent double et agent double
Paula Nadeau
   Cauchemar sur la ville
Marcel Braitstein
   Les Mystères de l'île de Saber,
(Tome I)
Viateur Lefrançois
   L'Énigme de l'œil vert

COLLECTION **JEUNE PLUME**

Hélène Desgranges
   Choisir la vie
Collectifs :
   Pour tout l'Art du jeune monde
   Parlez-nous d'amour

COLLECTION **RÊVES À CONTER**

Rollande Saint-Onge
   Petites Histoires peut-être vraies
(Tome I)
   Petites Histoires peut-être vraies
(Tome II)
   Petits Contes espiègles

André Cailloux
Les Contes de ma grenouille
Diane Pelletier
Murmures dans les bois

HORS COLLECTION

Hélène Desgranges
Le Rideau de sa vie
Le Givré
Steve Fortier
L'Île de Malt

COLLECTION **PETITE ÉCOLE AMUSANTE**

Charles-É. Jean
Remue-méninges
Drôles d'énigmes
Robert Larin
Petits Problèmes amusants
Virginie Millière
Les Recettes de ma GRAM-MAIRE

Achevé d'imprimer en octobre 1999 chez

VEILLEUX
IMPRESSION À DEMANDE INC.

à Longueuil, Québec